哈福

哈福

—— 日語會話，快速升級版 ——

世界最簡單 日語會話

一次學會，一生受用

附QR碼線上音檔
行動學習‧即刷即聽

朱燕欣・田中紀子
◎合著

日語會話，不一樣的學習法

哈福

日語會話，不一樣的學習法

本書最適合你！

◆ 學習文法，不如熟記會話
◆ 只是用看的，記不住
◆ 只是用看的，看不久

請務必使用本書，寫寫看日語會話！

特色1 寫寫看的「成就感」與「熟悉度」，不同於一般的學習法！

特色2 從日常實用句開始，好處多多！

特色3 一邊聽線上MP3，一邊寫，一次2或4頁的進度，威力加倍！

最適合華人學習的日語會話書

1. 寫寫看的成就感，不一樣喔

耳到眼到手也到，寫寫看的「成就感」與「熟悉度」，不同於一般的學習法，效果最好！

2. 羅馬拼音對照，開口就能說

簡單、快速的日語會話學習法，只要懂ABC，就能馬上開口說日語，零壓力、沒煩惱。

3. 21天快學日語會話

只要學兩天的會話，就會讓你蠻有成就感。若是一次學更多，肯定你的日語快速琅琅上口。

4. 活學活用，新詞新句大補帖

道地好用123句日語，中日對照學習，自然流利，讓您放膽和日本人聊不停。

大字版，銀髮族最好用！

目錄

本書構成和使用方法

構成

學習日語要能得心應手，重要的是能將一本書，從頭到尾徹底學習。

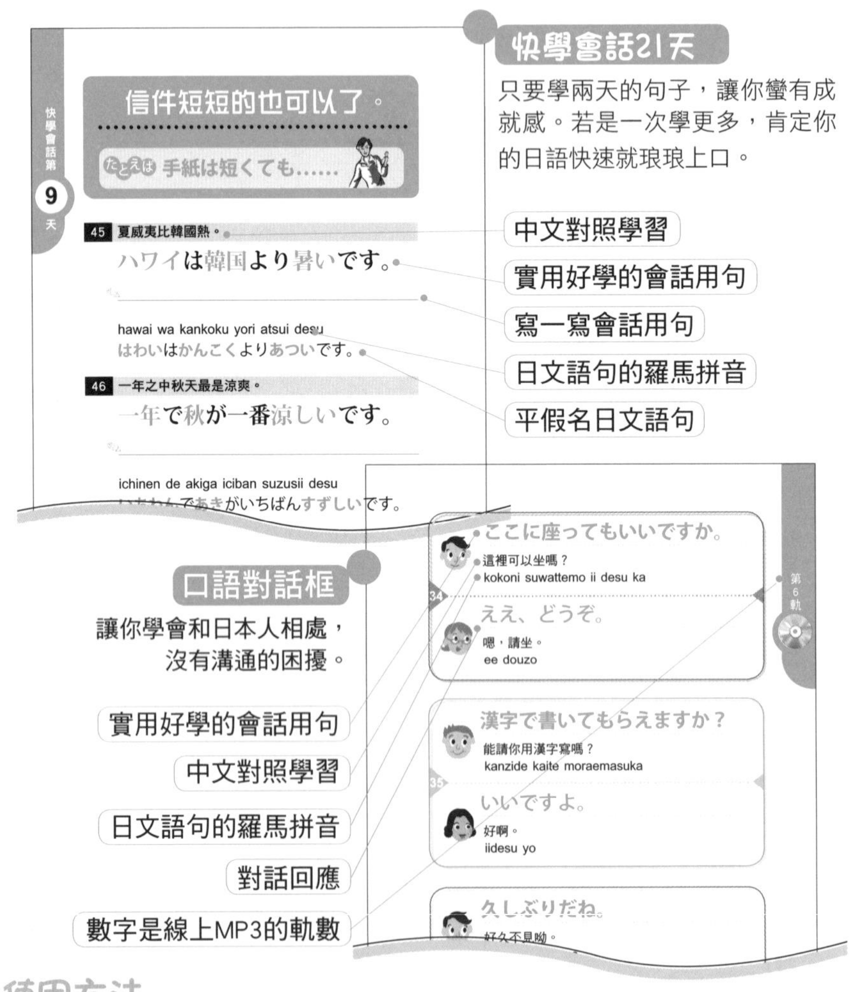

使用方法

- **略　讀** ……首先一次2或4頁的進度。
- **聽錄音** ……按照頁眉所記軌數和秒數，搭配線上MP3熟悉正確音調。
- **發　音** ……發出聲音，練習句子。
- **聽音檔** ……重聽線上MP3，記住音調，比照修正自己的音調。

快學會話21天

那是誰的呢?

たとえば あれは誰のですか。

1 你是日本人嗎?

あなたは日本人ですか。

✎

anata wa nihonzin desu ka

あなたはにほんじんですか。

2 不，我不是日本人。

いいえ、私は日本人ではありません。

✎

iie watasi wa nihonzin dewa ari masen

いいえ、わたしはにほんじんではありません。

3 是，我是日本人。

はい、私は日本人です。

✎

hai watasi wa nihonzin desu

はい、わたしはにほんじんです。

4 我是中國人。

私は中国人です。

✎

watasi wa chugokuzin desu

わたしはちゅうごくじんです。

5 她也是中國人。

彼女も中国人です。

✎

kanozyo mo chugokuzin desu

かのじょもちゅうごくじんです。

6 這是你的書嗎？

これはあなたの本ですか。

✎

kore wa anata no hon desu ka

これはあなたのほんですか。

7 是，那是我的書。

はい、それはわたしの本です。

✎

hai sore wa watasi no hon desu

はい、それはわたしのほんです。

8 不，那不是我的書。

いいえ、それはわたしの本ではありません。

✎

iie sore wa watasi no hon dewa arimasen

いいえ、それはわたしのほんではありません。

9 那是誰的呢？

あれは誰のですか。

✎

are wa dare no desu ka
あれはだれのですか。

10 郵局在哪裡呢?

郵便局はどこですか。

✎

yuubinkyoku wa doko desu ka
ゆうびんきょくはどこですか。

11 郵局在那裡。

郵便局はあそこです。

✎

yuubinkyoku wa asoko desu
ゆうびんきょくはあそこです。

等一下吧！

たとえば ちょっと待って…

12 現在正好是9點半。

今丁度9時半です。

✎

ima chudo kuzi han desu
いまちょうど9じはんです。

13 陳先生每週從星期一工作到星期五。

陳さんは毎週月曜日から金曜日まで働きます。

✎

chinsan wa maisyuu getsuyoubi kara kinyoubi made hataraki masu
ちんさんはまいしゅうげつようびからきんようびまではたらきます。

14 他每天從12點睡到7點。

彼は毎日12時から7時まで寝ます。

✎

kare wa mainichi 12zi kara 7zi made ne masu

かれはまいにち12じから7じまでねます。

15 媽媽早上6點起床。

母は朝6時に起きます。

✎

haha wa asa 6zi ni oki masu

はははあさ6じにおきます。

16 哥哥騎摩托車上學。

兄はオートバイで学校へ行きます。

✎

ani wa ootobai de gakkou e iki masu

あにはおーとばいでがっこうへいきます。

17 姐姐昨天看了電影。

姉は昨日映画を見ました。

✎

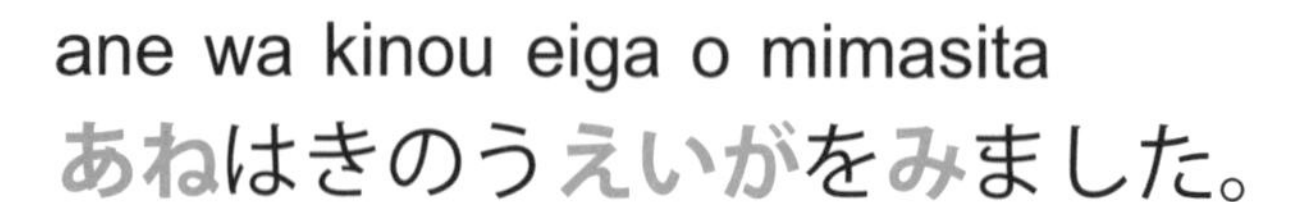
ane wa kinou eiga o mimasita
あねはきのうえいがをみました。

18 在下一個公車站下車吧！

次の駅でバスを降りましょう。

✎

tsuginoeki de basu o ori masyou
つぎのえきでばすをおりましょう。

19 大伙在餐廳吃午飯。

みんなは食堂でお昼を食べました。

✎

minna wa shokudoude ohiru o tabemasita
みんなはしょくどうでおひるをたべました。

20 一起去百貨公司吧！

一緒にデパートへ行きませんか。

✎

isshoni depa-to e ikimasen ka

いっしょにデパートへいきませんか。

21 等一下吧！

ちょっと待ちましょう。

✎

chotto machimas ou

ちょっとまちましょう。

22 妹妹用原子筆寫作文。

妹はボールペンで作文をかきます。

✎

imouto wa bo-rupende sakubun o kakimasu

いもうとはぼーるぺんでさくぶんをかきます。

富士山是高山。

たとえば 富士山は高い山です。

23 弟弟給朋友禮物。

弟は友達にプレゼントをあげます。

✎

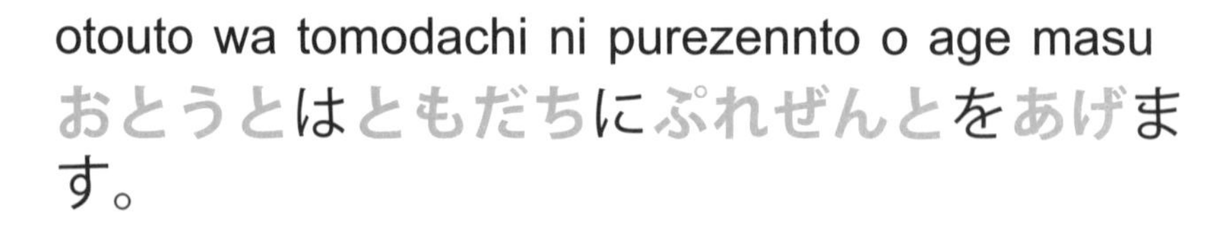

otouto wa tomodachi ni purezennto o age masu

おとうとはともだちにぷれぜんとをあげます。

24 老師教我柔道。

私は先生に柔道を教えてもらいました。

✎

watasi wa senseini zyuudou o osiete morai masita

わたしはせんせいにじゅうどうをおしえてもらいました。

25 祖母給我零用錢。

お祖母ちゃんは私にお小遣いをくれました。

✎

o baachan wa watasini o kodukai o kure masita
おばあちゃんはわたしにおこづかいをくれました。

26 大象的鼻子長。

象の鼻は長いです。

✎

zounohana wa nagai desu
ぞうのはなはながいです。

27 台北車子很多。

台北は車が多いです。

✎

taipei wa kuruma ga ooi desu
タイペイはくるまがおおいです。

28 鐵是堅固的材料。

鉄は丈夫な材料です。

tetsuwa zyoubuna zairyou desu
てつはじょうぶなざいりょうです。

29 富士山是高山。

富士山は高い山です。

fuzisan wa takai yama desu
ふじさんはたかいやまです。

30 年輕人喜歡電玩。

若者はパソコンゲームが好きです。

wakamono wa pasokonge-mu ga suki desu
わかものはぱそこんげーむがすきです。

31 上班族想要有自己的房子。

サラリーマンはマイホームが欲しいです。

✎

sarari-manwa maiho-mu ga hosi i desu

さらりーまんはまいほーむがほしいです。

32 我明年想要去工作。

私は来年就職したいです。

✎

watasi wa rainen shushoku sitaidesu

わたしはらいねんしゅうしょくしたいです。

33 高小姐懂一點德語。

高さんはドイツ語が少し分かります。

✎

kousan wa doitsugo ga sukosi wakarimasu

こうさんはどいつごがすこしわかります。

昨天下雨。

たとえば 昨日は雨でした。

34 今天有點晚了回家去。

今日はもう遅いから帰ります。

✎

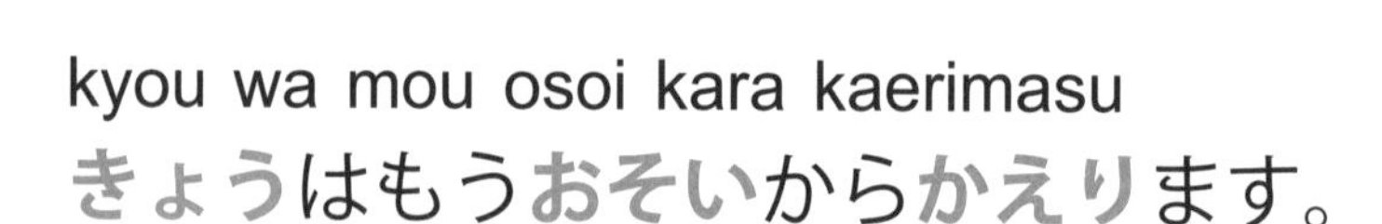

kyou wa mou osoi kara kaerimasu
きょうはもうおそいからかえります。

35 佐藤先生在台灣待了半年。

佐藤さんは台湾に半年いました。

satousan wa taiwan ni hantosi imasita
さとうさんはたいわんにはんとしいました。

36 誰在外面?

外には誰がいますか。

✎

soto niwa darega imasu ka

そとにはだれがいますか。

37 父親在公司。

お父さんは会社にいます。

✎

otousan wa kaishani imasu

おとうさんはかいしゃにいます。

38 有3台腳踏車。

自転車が3台あります。

✎

zitensya ga 3dai arimasu

じてんしゃが3台あります。

39 院子裡有池塘。

庭に池があります。

✎

niwani ikega arimasu

にわにいけがあります。

40 報紙在桌上。

新聞は机の上にあります。

✎

sinbun wa tsukue no ue ni arimasu

しんぶんはつくえのうえにあります。

41 從台中到高雄要3小時。

台中から高雄までは3時間かかります。

✎

taichuu kara takaomade wa 3zikan kakarimasu

たいちゅうからたかおまでは３じかんかかります。

第3軌

42 買了5張明信片。

葉書を5枚買いました。

✎

hagaki o 5mai kai masita

はがきを5まいかいました。

43 昨天下雨。

昨日は雨でした。

✎

kinou wa ame desita

きのうはあめでした。

44 去年冬天很冷。

去年の冬は寒かったです。

✎

kyonennofuyu wa samukatta desu

きょねんのふゆはさむかったです。

信件短短的也可以了。

たとえば 手紙は短くても……

45 夏威夷比韓國熱。

ハワイは韓国より暑いです。

✎

hawai wa kankoku yori atsui desu

はわいはかんこくよりあついです。

46 一年之中秋天最是涼爽。

一年で秋が一番涼しいです。

✎

ichinen de akiga iciban suzusii desu

いちねんであきがいちばんすずしいです。

47 請拍照。

写真を撮ってください。

✎

shasin o totte kudasai

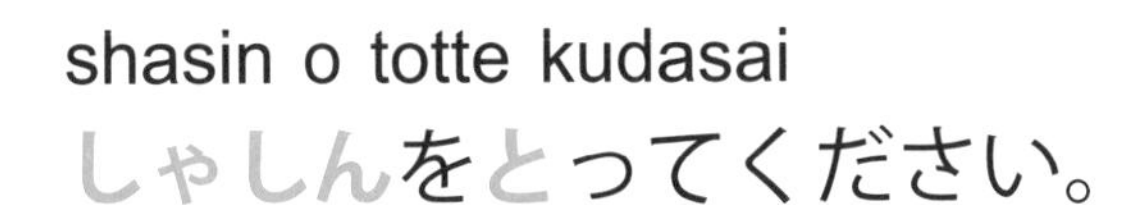

しゃしんをとってください。

48 朋友現在在聽MP3。

友達は今MP3を聞いています。

✎

tomodachi wa ima mp3 o kite imasu

ともだちはいまMP3をきいています。

49 學生們在運動場做什麼呢？

学生たちは運動場で何をしていますか。

✎

gakuseitachi wa undouzyo de nani o site imsuka

がくせいたちはうんどうじょうでなにをしていますか。

50 看過的報紙就可以丟了。

読んだ新聞は捨ててもいいですよ。

✎

yonda sinbun wa sutetemo iidesu yo

よんだしんぶんはすててもいいですよ。

51 信件短短的就可以了。

手紙は短くてもいいです。

✎

tegami wa mizikaku temo iidesu

てがみはみじかくてもいいです。

52 可以不用專程去銀行。

わざわざ銀行へ行かなくてもいいです。

✎

wazawaza ginkou e ikanaku temo iidesu

わざわざぎんこうへいかなくてもいいです。

53 就算(假設)是失敗也沒關係。

例え失敗してもかまいません。

✎

tatoe sippai sitemo kamaimasen

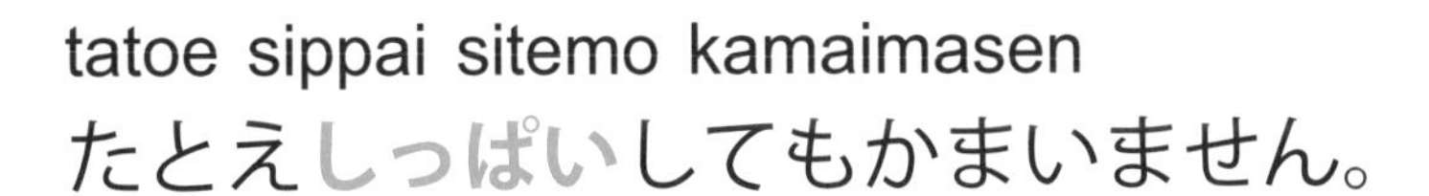

たとえしっぱいしてもかまいません。

54 一旦有錢就去海外旅行。

お金があったら、海外旅行に行きます。

✎

o kanega attara kaigai ryokou ni ikimasu

おかねがあったらかいがいりょこうにいきます。

55 木村小姐有好的帽子。

木村さんはいい帽子を持っています。

✎

kimurasan wa ii bousi o motte imasu

きむらさんはいいぼうしをもっています。

吃過飯才回家。

たとえば 帰るまえに食事を…

56 刷了牙、洗了臉之後，才吃早餐。

歯を磨いて顔を洗ってから、朝ご飯を食べます。

✎

ha o migaite kao o aratte kara asagohan o tabemasu

はをみがいてかおをあらってからあさごはんをたべます。

57 坐電車再換公車去上班。

電車に乗ってバスに乗り換えて会社へ行きます。

✎

denshani notte basuni norikaete kaisha e ikimasu

でんしゃにのってばすにのりかえてかいしゃへいきます。

58 植物園樹木多空氣好。

植物園は木が多くて、空気がいいです。

✎

syokubutsuen wa ki ga ookute kuuki ga iidesu

しょくぶつえんはきがおおくてくうきがいいです。

59 她皮膚白很漂亮。

彼女は白くて綺麗です。

✎

kanozyo wa sirokute kirei desu

かのじょはしろくてきれいです。

60 請不要抱怨。

文句を言わないでください。

✎

monku o iwanaide kudasai

もんくをいわないでください。

61 明天之前必須做好作業。

明日までに宿題を終わらせなければなりません。

✎

asitamadeni shukudai o owarasenakereba narimasen

あしたまでにしゅくだいをおわらせなければなりません。

62 興趣是在畫畫。

趣味は絵を描くことです。

✎

shumi wa e o kaku koto desu

しゅみはえをかくことです。

63 史密斯先生會用筷子。

スミスさんは箸を使うことができます。

✎

sumisusan wa hasi o tsukau koto ga dekimasu

すみすさんははしをつかうことができます。

64 有去過北海道嗎？

北海道へ行ったことがありますか。

hokkaidou e itta kotoga arimasuka
ほっかいどうへいったことがありますか。

65 吃過飯才回家。

帰るまえに食事をします。

kaeru maeni shokuzi o simasu
かえるまえにしょくじをします。

66 高速公路上各種車輛來來往往。

高速道路をいろんな車が行ったり来たりします。

kousoku douro wo ironna kurumaga ittari kitari simasu
こうそくどうろをいろんなくるまがいったりきたりします。

請再說一遍。

たとえば もう一度言って……

67 一到秋天葉子就漸漸紅了。

秋になると葉っぱがだんだん赤くなります。

✎

akininaruto happaga dandan akaku narimasu

あきになるとはっぱがだんだんあかくなります。

68 我想今晚他會來。

今晩彼は来ると思います。

✎

konban karewa kuru to omoi masu

こんばんかれはくるとおもいます。

69 她出門時說：「我出門了！」。

彼女は出掛ける時に「行ってきます。」と言いました。

✎

kanozyo wa dekakeru tokini itte kimasu to ii masita
かのじょはでかけるときにいってきますといいました。

70 這是我寫的報告。

これは私が書いたレポートです。

✎

kore wa watasiga kaita repo-to desu
これはわたしがかいたれぽーとです。

71 你會說中文嗎？

中国語が話せますか。

✎

chugokugo ga hanase masu ka
ちゅうごくごがはなせますか。

第03軌3分49秒

72 我不會說日文。

私は日本語が話せません。

✎

watasi wa nihongo ga hanase masen

わたしはにほんごがはなせません。

73 有人會說中文嗎？

中国語の話せる人はいますか。

✎

chu goku go no hanaseru hito wa i ma su ka

ちゅうごくごのはなせるひとはいますか。

74 請再說一遍。

誰か英語が話せますか。

✎

dare ka eigo ga hanase masu ka

だれかえいごがはなせますか。

75 請再說一遍。

もう一度言ってください。

mou ichido itte kudasai

もういちどいってください。

76 請說慢一點。

ゆっくり話してください。

yukkuri hanasite kudasai

ゆっくりはなしてください。

77 請說大聲一點。

大きい声でお願いします。

o okii koe de o negai simasu

おおきいこえでおねがいします。

不客氣。

たとえば どういたしまして。

78 我聽不清楚。

よく聞こえませんでした。

✎

yoku kikoe masen desita
よくきこえませんでした。

79 我聽不太懂你所說的話。

お話がよくわかりませんでした。

✎

o hanasi ga yoku wakari masen desita
おはなしがよくわかりませんでした。

80 請你教我日文。

日本語を教えてくれませんか。

✎

nihongo o osiete kure masen ka

にほんごをおしえてくれませんか。

81 您的名字，怎麼寫呢？

お名前はどう書きますか。

✎

onamae wa dou kaki masu ka

おなまえはどうかきますか。

82 請寫漢字。

漢字で書いてください。

✎

kanzi de kaite kudasai

かんじでかいてください。

83 請在這畫一下地圖。

ここに地図を書いてください。

✎

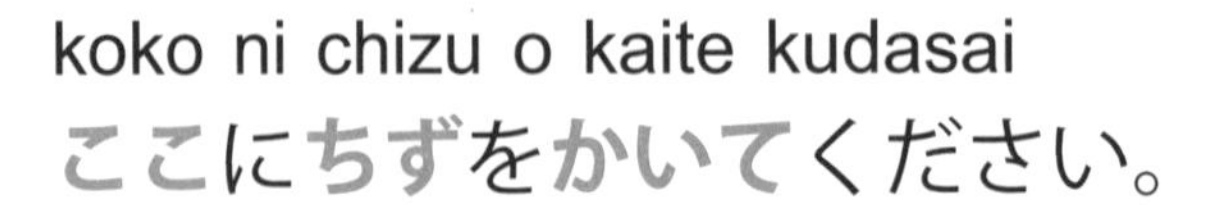

koko ni chizu o kaite kudasai

ここにちずをかいてください。

84 早安。

おはようございます。

✎

ohayou gozaimasu

おはようございます。

85 非常感謝。

どうもありがとうございます。

✎

doumo arigatou gozaimasu

どうもありがとうございます。

86 不客氣。

どういたしまして。

✎

dou itasimasite

どういたしまして。

87 請問您的名字？

お名前は何と言いますか。

✎

o namae wa nan to iimasu ka

おなまえはなんといいますか。

88 什麼時候來台灣的？

いつ台湾へ来ましたか？

✎

itsu taiwan e kimasita ka

いつたいわんへきましたか。

請多保重。

たとえば どうぞお元気で。

89 您住哪裡呢？

どこに住んでいますか。

✎

dokoni sunde imasu ka
どこにすんでいますか。

90 兄弟姊妹有幾人呢？

兄弟は何人いますか。

✎

kyodai wa nannin imasuka
きょうだいはなんにんいますか。

91 興趣是什麼呢？

趣味は何ですか。

✎

shumi wa nan desu ka

しゅみはなんですか。

92 請問您幾歲？

おいくつですか。

✎

o ikutsu desu ka

おいくつですか。

93 請問您是哪一位呢？

どちらさまですか。

✎

dochira sama desu ka

どちらさまですか。

94 請多保重。

どうぞお元気で。

douzo o genki de
どうぞおげんきで。

95 請代向您的家人問好。

ご家族によろしくお伝えください。

go kazokuni yorosiku o tsutae kudasai
ごかぞくによろしくおつたえください。

96 為了道謝打這電話。

お礼を言うために電話しました。

o rei o iu tameni denwa simasita
おれいをいうためにでんわしました。

97 這個週末有空嗎？

今度の週末は忙しいですか。

✎

kondo no shuumatsu wa isogasii desu ka
こんどのしゅうまつはいそがしいですか。

98 能請用電子郵件聯絡嗎？

メールで連絡してもらえますか。

✎

me-ru de renraku site morae masu ka
めーるでれんらくしてもらえますか。

99 這是我的名片。

名刺をどうぞ。

✎

meisi o douzo
めいしをどうぞ。

這裡是哪裡呢?

たとえば ここはどこですか。

100 很高興跟你聊天。

お話しできて楽しかったです。

o hanasi dekite tanosikatta desu
おはなしできてたのしかったです。

101 對不起請問怎麼去捷運站呢？

すみませんが、MRTの駅へ行く道を教えてください。

sumimasenga emua-rutyi- no ekie ikumichi o osiete kudasai
すみませんが、えむあーるてぃーのえきへいくみちをおしえてください。

102 這是往台北的電車嗎？

この電車は台北へ行きますか。

✎

kono densha wa taipei e iki masu ka

このでんしゃはたいぺいへいきますか。

103 皮包裡放了什麼呢？

カバンの中には何がありますか。

✎

kaban no naka niwa nani ga arimasu ka

かばんのなかにはなにがありますか。

104 喜歡什麼顏色呢？

どんな色が好きですか。

✎

donna iro ga suki desu ka

どんないろがすきですか。

105 洗手間在哪裡？

この近くにトイレはありませんか。

ko no chikaku ni toire wa ari masen ka

このちかくにといれはありませんか。

106 這裡是哪裡呢？

ここはどこですか。

kokowa doko desu ka

ここはどこですか。

107 再喝一杯咖啡如何？

コーヒーをもう一杯いかがですか。

ko-hi- o mou ippai ikaga desu ka

こーひーをもういっぱいいかがですか。

108 要吃什麼呢？

何を食べたいですか。

✎

nani o tabetai desu ka

なにをたべたいですか。

109 （車）票要在哪裡買呢？

切符はどこで買いますか

✎

kippu wa dokode kaimasu ka

きっぷはどこでかいますか。

110 到上野要多少錢呢？

上野までいくらですか。

✎

ueno made ikura desu ka

うえのまでいくらですか。

111 什麼都不想吃。

何も食べたくないです。

✎

nani mo tabetaku nai desu
なにもたべたくないです。

112 明天天氣怎麼樣？

明日の天気はどうですか。

✎

asita no tenki wa doudesu ka
あしたのてんきはどうですか。

113 今天幾月幾號星期幾呢？

今日は何月何日何曜日ですか。

✎

kyou wa nangatsu nannichi nanyoubi desu ka
きょうはなんがつなんにちなんようびですか。

口語對話框

クレジットカードは使えますか。

可以使用信用卡嗎？
kurezitto ka-do tsukae masu ka

1

もちろん。

當然。
mochi ron

電話をお借りしていいですか。

可以借一下電話嗎？
denwa o o karishite ii desuka

2

いいですよ。

好啊。
ii desuyo

明日映画を見に行きましょう。

明天去看電影吧！
ashita eiga o mini iki masyou

3

いいですね。

當然好。
iidesune

大阪までどのくらい時間がかかりますか。

到大阪要多久呢？

oosaka made donokurai zikan ga kakarimasuka

4

3時間ほどです。

3小時左右。

3zikan hodo desu

どこで会いましょうか。

在哪裡碰面吧！

dokode aimashou ka

5

マクドナルドにしましょう。

在麥當勞吧！

makudonarudo ni shimashou

もうすこしいかがですか。

再吃(喝)一點吧？

mou sukoshi ikaga desuka

6

いいえ、もう結構です。

不用，已經夠了。

iie mou kekkou desu

7

感謝豐盛招待。

go chisou sama deshita

哪裡哪裡。

dou itashimashite

8

土曜日に会えますか。

星期六可以見面嗎？

doyoubi ni aemasu ka

残念だけど無理です。

真遺憾沒辦法。

zannen dakedo muri desu

9

来られますか。

可以來嗎？

korare masu ka

無理みたいです。

好像沒辦法。

muri mitai desu

今一緒に買い物に行きませんか。

現在一起去買東西吧？
ima isshoni kaimono ni ikimasen ka

10

今忙しいです。

現在很忙。
ima isogashii desu

新しいジャケットはいかが?

新夾克怎樣呢？
atarashi zyaketto wa ikaga

11

とても気に入っているよ。

非常喜歡呦。
totemo kini itte iru yo

本気でそう言っているの?

你當真這麼說嗎？
honki de sou itteiru no

12

本気だよ。

當真的呦。
honki dayo

13

すばらしい贈り物どうもありがとう。

謝謝你送的很棒的禮物。

subarashi okurimono doumo arigatou

気に入ってくれてよかった。

你能夠喜歡太好了。

kiniitte kurete yokatta

14

日本語の勉強は難しいですか。

學日語很難嗎？

nihongo no benkyou wa muzukashi desuka

そんなに難しくありません。

沒有那麼難。

sonnani muzukashiku arimasen

15

この次はだれの番ですか。

下一個是誰呢？

konotsugi wa dare no ban desuka

僕の番です。

是我。

boku no ban desu

お昼を食べましたか。

吃過午餐了嗎？

ohiru o tabemashitaka

いいえ、まだです。

沒，還沒。

iie madadesu

今すぐ彼に電話をしてください。

請現在馬上打電話給他。

ima sugu kareni denwa o shite kudasai

17

わかった。

知道了。

wakatta

ここに長く滞在されますか。

在這裡待很久嗎？

kokoni nagaku taizai saremasu ka

一週間です。

一星期。

ishuukan desu

あの映画見なかったの?

沒看那部電影嗎？

ano eiga minakatta

19

うん、見なかったよ。

嗯，沒看喲。

un minakatta yo

東京はいかがでしたか。

東京怎麼樣了呢？

toukyou wa ikaga deshita ka

20

すばらしいときを過ごしました。

一段很棒的時光。

subarashit toki o sugoshimashita

東京へ電話するにはどうすればいいですか。

要如何打電話到東京呢？

toukyou e denwa suru niwa dousureba iidesu ka

21

直接ダイヤルできます。

直接撥號就可以了。

chokusetsu daiyaru deki masu

22

パーティーはどうでしたか。

派對如何呢？

pa-tei wa doudeshita

すばらしかったわ。すごく楽しかった。

很棒。玩的很開心。

subarashi katta wa sugoku tanoshi katta

23

明日まで待てないよ。

不能等到明天呦。

ahita made matenai yo

どうして。

為什麼？

doushite

24

顔色がよくないですよ。具合が悪いですか。

臉色不太好呦。身體不舒服嗎？

kaoiro ga yokunai desu yo guai ga warui desu ka

風邪を引きました。

感冒了。

kaze o hiki mashita

お手伝いできなくてすみません。

沒能幫上忙對不起。

o tetsudai dekinakute sumimasen

25

いいえ、いいんですよ。

不，沒關係。

iie iindesu yo

夕食は何が食べたい？

晚餐想吃什麼呢？

yuushoku wa nani ka tabetai

26

あなたしだいよ。

看你了。

anata shidai yo

私はステーキにします。

我要牛排。

watashi wa sute-ki ni shimasu

27

ぼくもそれにします。

我也一樣。

bokumo soreni shimasu

いらっしゃいませ。何をお求めでしょうか。

歡迎。您想購買什麼呢？

irassyai mase nani o o motome deshou ka

28

結構です。ただ見ているだけです。

不用。只是看看而已。

kekkou desu tada mite iru dake desu

メニューを見せてください。

請給我菜單。

menyu- o misete kudasai

29

はい、どうぞ。

好，請。

hai douzo

どうしたのですか。

怎麼了？

dou shitano desu ka

30

今朝から頭が痛いのです。

因為早上頭痛。

kesa kara atama ga itai no desu

2.3 質問していいですか。

可以問兩、三個問題嗎？

ni san shitsumon shite ii desu ka

31

もちろんですよ。

當然好。

mochiron desu yo

一番近いバス停はどこですか。

最近的公車站牌在哪裡呢？

ichiban chikai basu tei wa doko desuka

32

ちょうど角を曲がったところにあります。

正好在轉角的地方。

choudo kado o magatta tokoro ni arimasu

どんな料理が好きなの？

喜歡吃什麼料理呢？

donna ryouri ga suki nano

33

おいしいものは何でも好き。

好吃的東西什麼都喜歡。

oishiimono wa nandemo suki

ここに座ってもいいですか。

這裡可以坐嗎？

kokoni suwattemo ii desu ka

34

ええ、どうぞ。

嗯，請坐。

ee douzo

第6軌

漢字で書いてもらえますか？

能請你用漢字寫嗎？

kanzide kaite moraemasuka

35

いいですよ。

好啊。

iidesu yo

久しぶりだね。

好久不見呦。

hisashiburi dane

36

ほんと。

真的。

honto

ご両親は元気？

你父母好嗎？

go ryoushin wa genki

37

うん、あいかわらずだよ。

嗯，老樣子。

un aikawarazudayo

料金はいくらくらいですか。

費用是多少左右呢？

ryoukin wa ikura kurai desu ka

38

三千八百円です。

3800日圓。

sanzen happyaku en desu

ごめん。

對不起。

gomen

39

気にしないで。

別介意。

kini shinaide

すごくおいしかったね。

太好吃了？
sugoku oishikatta ne

40

またいっしょに来ようね。

下次再一起來喔。
mata ishoni koyou ne

忙しい？

忙嗎？
isogashii

41

まあまあね。

普通。
maamaane

じゃあ、またね。気をつけて。

那再見了，小心點。
zya matane ki o tsukete

42

きみもね。バイバイ。

妳也是，再見。
kimimone baibai

あとで電話するね。

待會兒打電話給你。

atode denwa surune

43

うん、待ってるね。

嗯，等你喔。

n matteru ne

ご出身はどこですか。

您籍貫是哪裡？

go shusshin wa doko desu ka

44

台中です。

我籍貫是台中。

taichuu desu

体の具合はどう？

身體情況怎樣？

karada no guai wa dou

45

だいぶよくなったわ。

好很多了。

daibu yoku nattawa

お茶しない？

喝茶嗎？

ocha shinai

46

いいわね。

好啊。

iiwane

趣味は何なの？

興趣是什麼？

shumi wa nan nano

47

読書と散歩かな。

看書和散步。

dokusyo to sanpo kana

ありがとね。

謝謝喔。

arigato ne

48

いいって。

我都說好了。

iitte

49

彼女と別れたんだ。

和她分手了。
kanozyo to wakare tannda

それは残念だったね。

那真遺憾。
sore wa zannen datta ne

50

どこが痛みますか。

哪裡痛呢？
dokoga itami masu ka

胃腸のあたりです。

腸胃附近。
ichou no atari desu

51

妹が結婚するんだ。

妹妹要結婚了。
imouto ga kekkon surunda

おめでとう！

恭喜妳!
o nede to u

あんまりお金持ってないんだ。

我沒帶太多錢。

anmari okane mottenainda

52

まかせといて。

包在我身上。

makasetoite

どんなタイプが好きなの？

喜歡哪種典型的？

donna taipu ga sukinano

53

やさしくてまじめな人。

個性溫和，認真的人。

yasashikute mazimena hito

お腹すいてない?

肚子不餓嗎？

onaka suitenai

54

もうペコペコ。

已經咕嚕咕嚕叫了。

mou pekopeko

今日はご馳走するよ。

今天我請客。

kyou wa gochisou suru yo

55

やったー！

太棒了！

yatta-

来週のテスト、自信ある？

下週考試，有自信嗎？

raishuuno tesuto zishinaru

56

ぜんぜん。勉強しなくちゃ。

一點也沒，不用功不行。

zenzen benkyoushinakucha

ここで止めてください。

請在這裡停車。

kokode tomete kudasai

57

かしこまりました。

是（敬語）。

kashikomarimashita

會話123句

我能了解你的心情。

気持ちはよく分かるわ。

kimochi wa yoku wakaru wa

對不起，借過。

すみません、通してください。

sumimasen tooshite kudasai

週末打算作什麼呢？

週末には何をするつもりですか。

shuumatsu niwa nani o suru tsumori desu ka

有去過香港嗎？

香港へ行ったことがありますか。

honkon e itta koto ga arimasu ka

要不要一起去慢跑呢？

一緒にジョギングに行きませんか。

issho ni zyoginngu ni iki masen ka

從明天開始吧！

明日から始めよう。

ashita kara hazime you

想要在路邊攤吃什麼呢？

屋台で何を食べたいですか。

yatai de nani o tabe tai desu ka

看起來好好吃哦！

美味しそうですね。

oishi sou desu ne

再一些怎麼樣？

もう少しいかがですか。

mou sukoshi ikaga desu ka

在士林捷運站會合吧！

MRTの士林駅のまえで待ち合せましょう。

ema-ru tyi-no shiilin eki no mae de machi awase mashou

一直都這樣。

いつもそうです。

itsumo sou desu

別開玩笑了。

冗談じゃないわよ。

zyoudan zya naiwayo

怎麼了？

どうしましたか。

dou shimashita ka

這裡很熱鬧哦！

ここはにぎやかですね。

koko wa nigiyaka desu ne

從這裡可以看到101大樓呦。

ここから101ビルが見えますよ。

koko kara 101 biru ga mie masu yo

終於找到丟掉的皮包。

やっと、なくした財布を見つけました。

yatto naku shita saifu o mitsuke mashita

一星期丟一次可回收的垃圾。

週一回燃えないゴミを捨てます。

shuuikkai moenai gomi o sute masu

這附近尖峰時間常塞車。

この辺りはラッシュアワーによく混みます。

kono atari wa rasshu awa- ni yoku komimasu

在7-11前面停一下車。

セブンイレブンのまえで車をちょっと止めてください。

sebun irebun no mae de kuruma o chotto tomete kudasai

請問往大阪的飛機。

大阪行きのフライトについてちょっとお伺いしたいんですが。

✎

oosaka yuki nofuraito ni tuite chotto oukagai shitai n desu ga

預定什麼時候出發呢？

いつ出発する予定ですか。

✎

itsu syuppatsu suru yotei desuka

票請讓我看一下。

チケットを見せてください。

✎

chiketto o misete kudasai

請讓我拍一下照。

写真を撮らせてください。

shashin o torasete kudasai

請不要使用閃光燈。

フラッシュを使わないでください。

furasshu o tsukawanaide kudasai

我幫你打電話。

あなたの代わりに電話をします。

anata no kawari ni denwa o shimasu

天氣變好了。

天気がよくなりました。

tenki ga yoku nari mashita

不知道，因為我不住附近。

この近くに住んでいないから、分かりません。

kono chikaku ni sunde inai kara wakarimasen

可以給我同樣的東西嗎？

あれと同じものをもらえますか。

areto onazi mono o morae masu ka

這可以退換嗎？

これは返品できますか。

kore wa henpin deki masu ka

這紙要怎麼寫呢？

この用紙はどうやって書けばいいの?

✎

kono youshi wa dou yatte kakeba iino

怎麼做好呢？

どうやればいいの。

✎

dou yareba iino

不知要如何感謝才好。

何とお礼を言ったらいいかわからないわ。

✎

nan to orei o ittara iika wakaranai wa

我盡我所能地做。

私はできる限りのことはいたしました。

watashi wa dekiru kagiri nokoto wa itashimashita

我不太會喝酒。

酒は弱いんです。

sake wa yowain desu

有一個小學的女兒。

小学生の娘が一人おります。

shougakusei no musume ga hitori orimasu

若是那樣就好了。

そうだといいですね。

souda to iidesu ne

真漂亮的家。

すてきなおうちね。

sutekina o uchi ne

一個人住。

一人暮らしをしています。

hitori gurashi o shite imasu

趕上了。

間に合った。

mani atta

我比較喜歡紅茶。

コーヒーより紅茶の方が好きです。

ko-hi-yori koucha no hou ga suki desu

比起工作我是家人優先。

僕は仕事より家族優先です。

boku wa shigoto yori kazoku yuusen desu

我是早稲田大學畢業的。

私は早稲田大学出身です。

watashi wa waseda daigaku shusshin desu

我在公司上班。

私は商社に勤めています。

watashi wa shousha ni tsutomete imasu

能幫上忙真高興。

お役に立ててうれしいです。

oyaku ni tatete ureshii desu

來渡假的。

休暇で来ました。

kyuukade kimshita

生日派對，真期待喲。

誕生日パーティー、楽しみにしているよ。

tanzyoubi pa-ti- tanoshimi ni shiteiru yo

我在節食。

私はダイエット中です。

watashi wa daietto chuu desu

我失業中。

私、失業中なんです。

watashi shitsugyouchuu nan desu

我是單身。

僕は独身です。

boku wa dokushin desu

對不起，沒能幫上忙。

すみませんが、お力になれません。

sumimasen ga ochikara ni naremasen

對不起，給你添麻煩。

迷惑をかけてごめんね。

meiwaku o kakete gomen ne

對不起，我結婚了。

すみません。私は結婚しています。

sumimasen watashi wa kekkon shite imasu

在這點意見不同。

この点では意見が合わないね。

konoten dewa iken ga awanai ne

巴士要在哪裡坐呢？

バスはどこから乗ればいいですか。

basu wa doko kara noreba iidesu ka

可以寄放貴重物品嗎？

貴重品を預かっていただけますか。

kichouhin o azukatte itadake masu ka

抵達之後請讓我知道。

着いたら教えていただけますか。

tsuitara oshiete itadake masu ka

這有小號尺寸嗎？

これの、小さいサイズはありますか。

koreno chiisai saizu wa arimasu ka

這件毛衣有黃色的嗎？

このセーターで黄色はありますか。

konose-ta-de kiiro wa arimasu ka

你們營業到幾點呢？

こちらは何時までですか。

kochira wa nanzi made desuka

如果不麻煩的話，一定…。

ご迷惑でなければ、ぜひ。

go meiwaku de nakereba zehi

什麼意思呢？

どういう意味？

douiu imi

你認為我怎麼樣呢？

私のこと、どう思ってる？

watashino koto dou omotteru

要不要咖啡？

コーヒーはどうですか。

ko-hi- wa doudesu ka

開玩笑的吧！

冗談でしょ？

zyoudan desho

真了不起。

たいしたものね。

tai shita mono ne

車資多少錢呢？

運賃はいくらですか。

unchin wa ikura desuka

總會有辦法的。

なんとかなるわよ。

nantoka naru wa yo

已經是過去的事了。

もう終わったことだよ。

mou owatta kotoda yo

沒什麼大不了的。

たいしたことないよ。

✎

tai shita koto nai yo

要作就趁現在。

やるなら今しかない。

✎

yaru nara ima shika nai

輪到你了。

あなたのばんですよ。

✎

anata no ban desu yo

那個叫做什麼名字呢？

それは何という名前ですか。

✎

sorewa nan to iu namae desuka

真是感謝。

ほんとうにありがたいです。

✎

hontou ni arigatai desu

好像很有趣。

おもしろそうだね。

✎

omoshiro souda ne

不可能的。

ありえないよ。

✎

ari e nai yo

像話一點！

いい加減にして！

✎

iikagen ni shite

這是常有的事。

どこにでもある話よ。

✎

dokoni demo aru hanashi yo

請給明確的答覆。

はっきりした返事をください。

✎

hakkiri shita hennzi o kudasai

隨你便！

好きにしろ！

✎

sukini shiro

讓我考慮一晚看看。

一晩考えさせてください。

✎

hitoban kangae sasete kudasai

換個話題吧。

話題を変えよう。

✎

wadai o kaeyou

休息一下吧！

ひと休みしよう。

✎

hito yasumi shiyou

請聽我說一下。

ちょっと聞いてちょうだい。

✎

chotto kiite choudai

無論如何想個辦法啊！

何とかしてください。

✎

nantoka shite kudasai

會話123句

請享用。

どうぞ召し上がれ。

douzo meshi agare

很沉得住氣哦。

落ち着いてね。

ochi tsuite ne

站在我的立場想想吧。

僕の身にもなってよ。

boku no mi ni mo natte yo

你說說話吧。

何か言ってよ。

nanika itte yo

越來越嚴重了。

ますますひどくなっちゃって。

✎

masumasu hidoku nacchatte

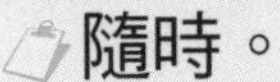

隨時。

いつでも。

✎

itsu demo

普普通通。

まあまあだね。

✎

maa maa da ne

請給我禁煙的座位。

禁煙席をお願いします。

✎

kin enseki o onegai shimasu

請讓我在這裡下車。

ここで降ろしてください。

kokode oroshite kudasai

在哪裡可以叫到計程車呢？

タクシーはどこでひろえますか。

takushi- wa dokode hiroe masu ka

我想確認一下預約。

予約を確認したいんです。

yoyaku o kakunin shitain desu

交給你決定了。

あなたに任せます。

anata ni makase masu

她昨天晚上做了惡夢。

彼女は夕べ恐ろしい夢を見ました。

kanozyo wa yuube osoroshii yume o mimashita

最近有沒有看過什麼好電影？

最近何かいい映画を見ましたか。

saikin nanika ii eiga o mimashita ka

他總是準時來。

彼はいつも時間通りに来ます。

kare wa itsumo zikan doori ni kimasu

那肯定是有什麼差錯。

それは何かの間違いに違いありません。

sore wa nanikano machigai ni chigai ari masen

聽了刺耳。

耳の痛い話。

mimi no itai hanashi

太難了不懂。

難しすぎてわからない。

muzukashi sugite wakaranai

我也不知道。

私にもわからない。

watashi nimo wakaranai

什麼是什麼，我不知道。

何が何だか私にはわかりません。

naniga nandaka watashi niwa wakarimasen

實際並不是這樣。

実際そうではありません。

zissai sou dewa arimasen

就是這樣。

まったくその通りです。

mattaku sono toori desu

很遺憾，就是這樣。

残念ながらそのようだ。

zannen nagara sono youda

頭一次聽到。

初耳だ。

hatsumimi da

想都沒想過那樣。

それは考えてもみなかった。

sore wa kangae temo mi nakatta

現在在下雨。但是，不去不行。

雨が降っています。しかし、行かなければなりません。

amega futte imasu shikashi ikanakereba narimasen

打了電話給他。可是他不在。

彼に電話をしました。ところが彼は留守でした。

kareni denwa o shimashita tokoroga karewa rusudeshita

這麼說，你和他在街上錯身而過了。

すると、あなたは町で彼とすれ違ったわけですね。

suruto anata wa machide kareto surechigatta wake desu ne

後來怎麼樣了？

それで、どうしましたか？

sorede doushimashitaka

那就小心去吧。

それなら、気をつけて行ってらっしゃい。

sorenara ki o tsukete itte rassyai

明天有約會，所以無法一起去吃飯。

明日は約束があります。だから、一緒に食事に行けません。

ashita wa yakusoku ga arimasu dakara isshoni shokuzi ni ikemasen

父親這次調職要一個人去。

父は今度の転勤で単身赴任することになった。

chichi wa kondono tenkinde tanshin funin suru koto ninatta

那就照你說的做吧！

では、あなたの言う通りにしましょう。

dewa anata no iutoori nishimashou

洗了澡而且也換了衣服。

お風呂から上がった。そして、着替えをした。

ofuro kara agatta soshite kigae o shita

你再想想看。為什麼呢？因為這事太過勉強了。

考え直しなさい。なぜなら、あまりにも無理なことだから。

kangaenaoshi nasai nazenara amari nimo murina koto dakara

才剛吃過，卻又肚子餓了。

さっき食べたばかりなのに、またお腹がすいた。

sakki tabetabakari nanoni mata onakaga suita

請寫下地址或是電話號碼。

ここに住所、もしくは電話番号を書いてください。

kokoni zyusho moshikuwa denwa bangou o kaite kudasai

因為感冒所以沒去上班。

風邪を引きました。そのため会社を休みました。

kaze o hikimashita sonotame kaisha o yasumi mashita

順便問一下，考試通過了嗎？

ところで、試験に合格しましたか。

tokorode shikenni goukaku shimashita ka

數字表現

較難發音的數字

0
ゼロ
zero

14
じゅうし・じゅうよん
zyuushi · zyuuyon

17
じゅうなな・じゅうしち
zyuunana zyuushichi

19
じゅうきゅう・じゅうく
zyuukyuu zyuuku

30
さんじゅう
sanzyuu

50
ごじゅう
gozyuu

60
ろくじゅう
rokuzyuu

80
はちじゅう
hachizyuu

90
きゅうじゅう
kyuuzyuu

100
ひゃく
hyaku

1000
せん
sen

8000
はっせん
hassen

10000
いちまん（万）
ichiman

10萬
じゅうまん
zyuuman

1億
いちおく
ichi oku

1千日圓
千円
senen

3000日圓
三千円
sanzenen

500日圓
五百円
gohyakuen

100日圓
百円
hyakuen

告示・標識

營業中
営業中
eigyou chuu

休息中
休憩中
kyuu kei chuu

入口
入口
iri guchi

出口
出口
deguchi

詢問處
案内所
annaizyo

打烊
閉店
heiten

出租
貸切
kashi kiri

請走樓梯
階段を利用してください
kaidan o riyou shite kudasai

油漆未乾
ペンキ塗りたて
penki nuritate

禁止攝影
撮影禁止
satsuei kinshi

禁止閃光燈
フラッシュ禁止
furasshu kinshi

廁所 / 洗手間
トイレ
お手洗い
toire / otearai

出售
売り物
urimono

禁止進入
立ち入り禁止
tachi iri kinshi

太平門
非常口
hizyouguchi

垃圾箱
ゴミ箱
gomi bako

故障
故障中
koshou chuu

折扣
割引
waribiki

停止
止まれ！
tomare

施工中
工事中
kouzi chuu

請勿碰觸
触れるな
fureruna

推 / 拉
押す/引く
osu / hiku

有人（廁所）
使用中（トイレ）
shiyou chuu

空室（廁所）
空き（トイレ）
aki

小心兒童
子供注意
kodomo chuui

請勿倒置
天地無用
tenchi muyou

下陡坡
下り急勾配
kudari kyuu koubai

禁止通行
通行止め
tsuukou dome

新詞大補帖

活用單字

最好用的139個單字

我們
私たち
watashi tachi

他
彼
kare

美國人
アメリカ人
amerika zin

法國人
フランス人
furansu zin

你們
あなたたち
anatatachi

他們
彼ら
karera

她
彼女
kanozyo

她們
彼女たち
kanozyotachi

英國人
イギリス人
igirisu zin

德國人
ドイツ人
doitsu zin

印度人
インド人
indo zin

新加坡人
シンがポール人
shingapo-ru zin

台灣人
台湾人
taiwan zin

馬來西亞人
マレーシア人
mare-shia zin

韓國人
韓国人
kankoku zin

菲律賓人
フィリピン人
fuiripin zin

大家、各位
みなさん
minna san

那一位
あのひと
ano hito

店員
店員
tenin

翻譯
通訳
tsuu yaku

皮包
カバン
kaban

鉛筆
鉛筆
en pitsu

筆記本
ノート
no-to

鑰匙
かぎ
kagi

車票
切符
kippu

照相機
カメラ
kamera

電話
電話
denwa

字典
辞書
zisho

房間
部屋
heya

詢問處
受付
uketsuke

辦公室
事務室
zimushitsu

賣場
売り場
uriba

電梯
エレベーター
erebe-ta-

這裡
ここ
koko

那裡
そこ
soko

這裡
こちら
kochira

那裡
そちら
sochira

10分
10分
zyuppun

5點左右
5時頃
gozi goro

上午 午前 go zen	下午 午後 gogo
30分 30分 sanzyuppun	15分 15分 zyuu go fun
8分 8分 happun	45分 45分 yonzyugo fun
星期六 土曜日 do youbi	星期二 火曜日 ka youbi
星期三 水曜日 sui youbi	6月 6月 roku gatu

爸爸
父
chichi

半夜
夜中
yonaka

中午
昼
hiru

回家
帰り
kaeri

走路
歩いて
aruite

汽車
自動車
zidou sha

銀行
銀行
gin kou

醫院
病院
byou in

前天
一昨日
ototoi

今早
今朝
kesa

VCD
ブイシーディー
buishi-dyi-

戲劇
演劇
engeki

電車
電車
densha

捷運
MRT
em a-ru tyi-

搭乘
乗る
noru

換車
乗り換え
norikae

餐廳
レストラン
resutoran

公園
公園
kou en

晚餐
夕食
yuu shoku

便當
お弁当
o ben tou

動物園
どうぶつえん
dou butsu en

機場
空港
kuukou

買東西
買い物
kai mono

和我一起
私と
watashi to

喂、喂
もしもし
moshi moshi

想一想
考え
kangae

跑步
走る
hashiru

電腦
コンピューター
konpyu-ta-

鋼筆
万年筆
mannenhitsu

文章
文章
bunshou

信件 手紙 tegami	校長 校長先生 kouchou sensei
鄰居 隣り tonari	伴手禮 お土産 o miyage
賀年卡 年賀状 nengazyou	警察 警察 keisatsu
道路 道 michi	站務員 駅員 ekiin
月台 ホーム ho-mu	糖果 飴 ame

寶物
宝物
takara mono

和服
和服
wafuku

舊照片
古い写真
furui shashin

粗的
太い
futoi

硬的
硬い
katai

耳朵
耳
mimi

尾巴（動物）
尻尾
shippo

東京
東京
toukyou

京都
京都
kyouto

一年
一年
ichinen

3個月
3ヶ月
san kagetsu

4天
4日間
yokkakan

雜誌
雑誌
zasshi

6本
6本
roppon

鞋子
靴
kutsu

床底下
ベッドの下
beddo no shita

藥房
薬屋
kusuriya

右邊
右側
migigawa

上個月
先月
sengetsu

上星期
先週
senshuu

畢業
卒業
sotsugyou

春天
春
haru

夏天
夏
natsu

季節
季節
kisetsu

甜的
甘い
amai

高的
高い
takai

暗的
暗い
kurai

班級裡
クラスの中
kurasu nonaka

快的
速い
hayai

聰明的
賢い
kashikoi

按按鈕
ボタンを押して
botan o oshite

關窗
窓を閉めて
mado o shimete

唱名歌
名曲を歌って
meikyoku o utatte

彈吉他
ギターを弾いて
gita- o hiite

美容院
美容院
biyouin

頭髮
髪の毛
kaminoke

超市
スーパーマーケット
supa-ma-ketto

專門
専門
senmon

擅長
得意
tokui

研究
研究する
kenkyuu suru

一杯
いっぱい
ippai

三杯
さんばい
sanbai

六杯
ろっぱい
roppai

八杯
はっぱい
happai

十杯
じゅっぱい
juppai

一隻（小生物）
いっぴき
ippiki

三隻
さんびき
sanbiki

六隻
ろっぴき
roppiki

八隻
はっぴき
happiki

十隻
じゅっぴき
juppiki

活用新句

哪一個是你的呢?

どれがあなたのですか。

dore ga anata no desu ka

畢卡索是有名的畫家。

ピカソは有名な画家です。

pikaso wa yuumeina gaka desu

迪士尼樂園是有趣的地方。

ディズニーランドは面白いところです。

dyizuni-rando wa omoshiroi tokoro desu

不太喜歡運動。

運動があまり好きではありません。

undou ga amari suki dewa arimasen

想要再一張入場券。

入場券をもう一枚欲しいです。

nyuuzyouken o mou ichimai hoshii desu

想要參觀日本皇居。

皇居を見学したいです。

koukyo o kengaku shitai desu

懂一點古典音樂。

クラシックが少し分かります。

kurashikku ga sukoshi wakarimasu

已經來不及所以放棄。

もう間に合わないからやめます。

mou maniawanai kara yamemasu

有幾個人出席會議呢？

会議には何人出ますか？

kaigi niwa nannin demasu ka

學生在學校裡。

学生は学校にいます。

gakusei wa gakkou ni imasu

鎮上有商店街

町には商店街があります。

machi niwa shoutengai ga arimasu

坐船從高雄到金門要4小時。

船で高雄から金門までは4時間かかります。

funede takaokara kinmonmade wa 4zikan kakarimasu

喝了一杯啤酒。

ビールを一杯飲みました。

bi-ru o ippai nomi mashita

晚一點回覆也沒關係。

返事は遅くてもいいです。

henzi wa osokutemo iidesu

就算不去也沒關係。

例え行かなくてもかまいません。

tatoe ikanakutemo kamai masen

若是沒時間，就不打電話。

時間がなかったら、電話をしません。

zikan ga nakattara denwa o shimasen

山本先生有個好兒子。

山本さんはいい息子をもっています。

yamamoto san wa ii musuko o motte imasu

貼上郵票之後，寄出去。

切手を貼ってから、郵送します。

kitte o hattekara yuusou shimasu

放下行李，洗手，吃飯。

荷物を置いて手を洗って食事をします。

nimotsu o oite te o aratte shokuzi o shimasu

裴勇俊有很多影迷很受歡迎。

ヨン様はファンが多くて、人気が高いです。

yon sama wa fan ga ookute ninkiga takaidesu

新詞大補帖

豐田汽車又好又耐用。

トヨタの車は性能がよくて丈夫です。

toyota no kuruma wa seinou ga yokute zyoubu desu

請不要打擾。

邪魔をしないでください。

zyama o shinaide kudasai

必須遵守交通規則。

交通ルールを守らなければなりません。

koutsuu ru-ru o mamora nakereba narimasen

會開車嗎？

運転することができますか。

untensurukoto ga dekimasu ka

有學過跳舞嗎？

ダンスを習ったことがありますか。

dansu o narattakoto ga arimasu ka

出門前關燈。

家を出る前に電気を消します。

ie o derumaeni denki o keshimasu

一旦當了部長責任就重了。

部長になると責任が重くなります。

buchou ninaruto sekininga omokunarimasu

我想今晚會下雨。

今晚雨が降ると思います。

konban amegafuru to omoimasu

我對她說：「早點回來！」。

私は彼女に「行ってらっしゃい」と言いました。

watashi wa kanozyoni itterasshai to iimashita

在派對中又唱又跳的。

パーティーで歌ったり踊ったりします。

pa-tyi- de utattari odottari shimasu

我昨天晚上睡的很沉。

昨夜私はぐっすり眠りました。

sakuya watashi wa gussuri nemuri mashita

最近看了什麼好看電影嗎?

最近何かいい映画を見ましたか。

saikin nanika ii eiga o mimashitaka

我今天工作很忙。

私は今日は仕事で忙しいのです。

watashi wa kyou wa shigotode isogashii no desu

他總是準時到。

彼はいつも時間通りに来ます。

kare wa itsumo zikantoori nikimasu

對不起讓你久等了。

たいへんお待たせしてすみません。

taihen omatase shite sumimasen

來去日本NEWS

相撲是日本的國家運動。

相撲は日本の国技です。

✎ ______

sumou wa nihon no kokugi desu

「YAKUZA」是什麼呢？

ヤクザとは何ですか。

✎ ______

yakuza towa nan desuka

三味線是什麼?

三味線とは何ですか。

✎ ______

syamisen towa nan desuka

宮崎駿是誰呢？

宮崎駿とは誰ですか。

✎ ______

miyazaki hayao towa dare desuka

漫畫受歡迎。

漫画は人気があります。

✎

manga wa ninki ga arimasu

在日本旅行何時是最好呢？

日本を旅行するにはいつがいちばんいいですか？

✎

nihon o ryokousuru niwa itsu ga ichiban ii desuka

日本人的壽命多久呢？

日本人の寿命はどれくらいですか？

✎

nihonzin no zyumyou wa dore kurai desuka

夏天悶熱冬天寒冷。

夏は蒸し暑くて、冬は寒いです。

✎ ______________________________

natsu wa mushi atsukute fuyu wa samui desu

颱風從8月到9月下旬。

8月から9月下旬まで台風がきます。

✎ ______________________________

8gatsu kara 9gatsu gezyun made taifuu ga kimasu

喜歡泡澡去溫泉旅行。

お風呂が好きで、温泉旅行に行きます。

✎ ______________________________

ofuro ga sukide onsenryokou ni ikimasu

在家中脫鞋子。

家の中で 靴を脱ぎます。

✎ ______________________________

ie no naka de kutsu o nugimasu

到處都可以叫到計程車。

タクシーはどこでもひろえます。

✎ ______________________________

takushi- wa doko demo hiroemasu

吃和食的時候使用筷子。

和食のときは箸を使います。

✎ ______________________________

washoku no tokiwa hashi o tsukaimasu

所謂納豆是什麼東西呢？

納豆ってどういうものですか。

✎ ______________________________

nattoutte douiu mono desuka

有加班的公司很多。

残業のある会社が多いです。

✎ ______________________________

zangyou no aru kaisha ga ooi desu

到幾歲能退休呢？

いくつで、定年になりますか。

✎

ikutsude teinen ni narimasuka

日本的消費稅是多少呢？

日本の消費税はどれくらいですか。

✎

nihon no shouhizei wa dore kurai desuka

日圓升值。

円高になっています。

✎

endaka ni natte imasu

股票上漲。

株価が上がっています。

✎

kabukaga agatte imasu

卡拉OK是何時有的呢？

カラオケはいつできたのですか。

✎

karaoke wa itsu dekita nodesuka

在日本最受歡迎的運動是什麼？

日本で、いちばん人気のあるスポーツは何ですか？

✎

nihonde ichiban ninkinoaru supo-tsu wa nan desuka

也有許多人在海外舉行結婚典禮。

海外で、結婚式を挙げる人もたくさんいます。

✎

kaigaide kekkonshiki o ageruhito mo takusan imasu

從前相親結婚很普遍。

昔、見合い結婚が普通でした。

✎

mukashi miaikekkon ga futsuu deshita

現在戀愛結婚的很多。

今は恋愛結婚が多いです。

✎

ima wa renai kekkon ga ooi desu

日語是從右到左直寫的。

日本語は右から左に縦書きです。

✎

nihongo wa migi kara hidarini tategaki desu

漢字各自有意義。

漢字にはそれぞれ意味があります。

✎

kanzi niwa sorezore imi ga arimasu

最有名的折紙是紙鶴。

いちばん知られている折り紙は鶴です。

✎

ichiban shirareteiru origami wa tsuru desu

韓語和日語最相近。

韓国語がいちばん日本語に近いです。

✎

kankokugo ga ichiban nihongo ni chikai desu

在日本垃圾分為一般和回收垃圾。

日本では燃えるゴミと燃えないゴミを分別します。

✎

nihon dewa moerugomi to moenaigomi o bunbetsu shimasu

國家圖書館出版品預行編目資料

世界最簡單 日語會話/朱燕欣，田中紀子合著. -- 新北市：哈福企業有限公司, 2023.07
面； 公分. -- (日語系列；28)
ISBN 978-626-97124-9-6(平裝)
1.CST: 日語 2.CST: 會話

803.188 112006539

免費下載QR Code音檔
行動學習，即刷即聽

世界最簡單：日語會話
（附 QR Code 行動學習音檔）

作者／朱燕欣，田中紀子
責任編輯／ Jocelyn Shih
封面設計／李秀英
內文排版／ 林樂娟
出版者／哈福企業有限公司
地址／新北市淡水區民族路 110 巷 38 弄 7 號
電話／ (02) 2808-4587
傳真／ (02) 2808-6545
郵政劃撥／ 31598840
戶名／哈福企業有限公司
出版日期／ 2023 年 7 月
台幣定價／ 349 元（附 QR Code 線上 MP3)
港幣定價／ 116 元（附 QR Code 線上 MP3)
封面內文圖 / 取材自 Shutterstock

全球華文國際市場總代理／采舍國際有限公司
地址／新北市中和區中山路 2 段 366 巷 10 號 3 樓
電話／ (02) 8245-8786
傳真／ (02) 8245-8718
網址／ www.silkbook.com 新絲路華文網

香港澳門總經銷／和平圖書有限公司
地址／香港柴灣嘉業街 12 號百樂門大廈 17 樓
電話／ (852) 2804-6687
傳真／ (852) 2804-6409

email ／ welike8686@Gmail.com
facebook ／ Haa-net 哈福網路商城

電子書格式：PDF